小故事大道理

杜蕾◎选编

長江出版傳媒 | 长江文艺出版社

目录

阅读寓言，拥有打开智慧大门的钥匙

耿玉苗

好的寓言，是生命中的光，总能为迷茫、困顿的人照亮前行的道路。好的故事，是幸福人生的导航仪，无论路多远多长，都不会轻易偏离方向。亲爱的小读者们，中国古代寓言故事是传统文化和民族智慧的重要组成部分，简洁的小故事背后是精深的大道理，中国人的思想精华、卓越见识都蕴藏在一个个生动鲜活的寓言之中。请你怀着满心欢喜打开《小故事大道理》，开启你的智慧阅读之旅吧！

破译故事密码，读懂寓言

寓言故事篇幅短小，结构简单，表现力丰富。用眼睛阅读，很快就能读完一篇；用心阅读细细品味，才能感悟到寓言的文字背后藏着的哲理。读寓言的最佳方式是，让自己的眼睛在文字上多停留一会儿，让心灵在故事里多沉浸一会儿，反反复复多读几遍，最好能放开声音有滋有味地读一读。

巧妙引经据典，运用寓言

大家都知道“学以致用”这个成语吧？“用”是最好的“学”。运用，是检查学习效果的最佳途径。《草木皆兵》《井底之蛙》《拔苗助长》《邯郸学步》等寓言故事经过岁月的沉淀，已经变成人人皆知的成语。我们在日常的口语表达和书面表达中，如果能灵活运用这些寓言来表达观点、说明现象，我们的语言会更有亮点、更有深度、更有力量。

链接真实生活，超越寓言

阅读《长竿入城》和《兄弟争雁》这样的寓言故事，不妨想一想：生活中有这样的事吗？遇到这样的事我该怎么处理呢？这是最好的方法吗？

阅读《邯郸学步》和《南歧之见》时，可以问问自己：生活中有这样的人吗？遇到这样的人我该如何面对呢？从这个人身上我能更好地反思自己吗？

“三人行，必有我师。”寓言故事中的人都是我们的老师，有像纪昌、飞卫那样的好老师，也有像《不识车轭》中那样不太好的老师，我们“见贤思齐焉，见不贤而内自省也”[①]，这可是人生的大智慧呢！阅读寓言，可以让我们越来越有判断力，更好地把控自己的生活。

发现写作规律，创作寓言

寓言故事并不神秘，它有鲜明的文体特征。寓言多采用借喻手法，使富有教育意义的主题或深刻的大道理在简单的小故事中体现，主题思想大多借此喻彼、借远喻近、借古喻今、借小喻大。“读书破万卷，下笔如有神。”当完成

---

① 出自《论语·里仁》。意思是见到有德行有才能的人要向他学习、看齐；见到没有德行的人要在内心反省自己有没有和他一样的缺点。

了大量的寓言阅读，我们也可以挑战创作寓言。要做一个有心人，在生活的大海里打捞一些有意思、有意义的小事件记录下来，再学着用寓言体来提升自己的写作能力和写作水平。

相信喜欢阅读寓言、能带着自己的思考走进寓言世界的小读者们会越来越聪明，能更好地处理生活中的问题，勇敢地面对风雨。当你学会阅读寓言，就不知不觉拥有了打开智慧大门的钥匙！

八哥学舌

八哥是南方的一种鸟。人们捕到它后，便训练它学说话。时间长了，八哥被训练得确实能说上几句，可翻来覆去也就那几句简单的话。训练它的人都听得厌烦了，可八哥还是每天从早说到晚。

一只蝉在院里鸣叫，八哥听到后嘲笑它。蝉于是对八哥说："你能学人说话，确实不错，可是你说的都不是自己想说的话，这样一来，实际上等于没有说话。我虽然叫得不好听，但我表达的都是自己的意思！"

八哥听后，羞愧得低下头，从此，再也不跟人学舌了。

小故事大道理 没有真才实学的人，只会一味模仿他人，人云亦云。如果有人还像八哥一样，将别人的想法作为自己的到处去吹嘘，那其实是最没有出息的。

知识链接 人云亦云：别人说什么，自己也跟着说什么，形容没有主见。

拔苗助长

春秋时，宋国有一个农民，性子非常急，总是嫌地里的庄稼长得太慢，经常在心里琢磨：有什么办法能让禾苗长得快一点？

一天，他来到田里，望着刚刚长出头的嫩苗，突然有了一个好主意。他马上动手，把嫩苗一棵一棵往上拔，累得汗流浃背。

拔完后，他看着田里已经“长高了一截”的嫩苗，非常有成就感。于是他满怀喜悦地回到家里，对家里人说：“今天把我累坏了，我想出了一个主意，帮庄稼长高了！”他的儿子一听，急忙跑到地里去看，发现禾苗全都枯萎了。

小故事大道理 急躁不能解决任何问题，有时反而会把事情弄得更糟。要做好一件事情，不仅需要有信心，有热情，更重要的是要掌握事物发展的规律，然后才能制订科学的计划。不能想到哪干到哪，更不能蛮干。

知识链接 欲速则不达：指过于性急，反而不能达到预期的目的。

杯弓蛇影

乐广是西晋武帝时的官员，一天，他想起一个很要好的朋友好长时间没来家里做客了，于是就去看望他，询问原因。那位朋友说："上次在你家做客喝酒时，见酒杯里有条小蛇，心里很害怕，想不喝，又觉得对你不敬，就勉强把酒喝了，回到家后便生了病。"乐广听了以后，觉得很奇怪。他回到家里，来到上次喝酒的屋里察看，发现墙上挂着一张涂了彩色漆画的角弓。他想，一定是弓的影子正好落在了朋友的酒杯里。于是乐广又请朋友到家，坐在原处喝酒，并问他从酒杯里看见了什么。朋友说，如同上次见到的一样，里面有一条蛇。乐广便把事情的原委做了解释。客人这才恍然大悟，病也就立刻好了。

小故事大道理 在生活中，无论遇到什么问题，都不要被事情的假象迷惑。善于思考，勇于发现，才能找到事实真相。

知识链接 恍然大悟：形容忽然醒悟。

扁鹊说病

扁鹊是春秋战国时期的名医。有一天，他去拜见蔡桓（huán）侯，观察其面容后，对桓侯说："您得病了，病在皮肤和肌肉之间，如果不医治，恐怕要加重。"桓侯说："我没有什么病，非常健康。"待扁鹊离开后，桓侯不以为然地说："医生喜欢医治没有病的人，借以显示他的医术高明。"

过了十天，扁鹊又去拜见蔡桓侯，说："现在您的病已经蔓（màn）延到肠胃里了，再不医治将会更加严重！"桓侯仍然不理睬。扁鹊走了以后，桓侯非常不高兴。

又过了十天，扁鹊一看见蔡桓侯，扭头便走掉了。桓侯特意派人去问他为什么这样做。扁鹊说："人生病了，病因要是在皮肤表层，用热水敷烫就能去病；病到了皮肉之间，针灸（jiǔ）

还是可以治好的；病在肠胃里，服用汤药也能够治疗；病一旦深入骨髓（suǐ），那便不是我能做主的事情了。如今君王的病，已经深入骨髓，我束手无策，不敢再去要求给他治疗，只好见到了他便赶紧离开。”

五天之后，桓侯浑身疼痛，叫人到处去找寻扁鹊，扁鹊已经逃往秦国去了。不久后桓侯便死了。

小故事大道理 不管是疾病还是做事情，都要防微杜渐，及早解决问题，如果等到病入膏肓（huāng），就无法挽回了。

知识链接 防微杜渐：在错误或坏事萌芽的时候及时制止，不让它发展。病入膏肓：古代医学把心尖脂肪叫膏，心脏和隔膜之间叫肓，认为是药力达不到的地方。病入膏肓指病到了无法医治的地步，比喻事情到了不可挽救的程度。

伯乐怜马

有一匹千里马年纪大了，体弱多病，在太行山上拉盐车。它费力地伸着蹄子，弯着膝盖，尾巴下垂，脚掌也烂了，脑袋也快支撑不起来了，在半山坡上口吐白沫，无法再前进一步。伯乐正巧从旁经过，他看到这个情形后，跳下车，抚摸着这匹马心疼地哭起来。看着千里马瑟瑟发抖的样子，他脱下自己的衣服盖在它身上。

这时，千里马低着头，喷着鼻子，仰起头长鸣了起来，洪亮的声音直达天际，好像是从钟磬（qìng）[1]之类乐器发出的声音一样。这匹马为什么会这样呢？因为它感到伯乐是它的知己呀！

---

① 磬（qìng），古代打击乐器。

小故事大道理 伯乐识马，是真心实意地爱惜千里马，因此千里马在困境中遇到伯乐，便感奋而长鸣。千里马难遇伯乐，如同人才难遇知音。

知识链接 千里马常有，而伯乐不常有：这是唐代文学家韩愈的散文《马说》中的名句，慨叹伯乐难遇。假设故事中的千里马没有遇到伯乐，也许等它死了，也不会有人意识到它是一匹千里马。

不龟（jūn）[1] 手药

宋国有个人，会配制一种防止手冻裂的冻疮药。他家世世代代以替人漂洗丝絮为业，因为有了这种药，所以冬天怎么劳累都不会龟（jūn）手。有人听说这件事后，愿出百斤黄金购买这个秘方。于是这家人商议说："咱们祖祖辈辈为人漂洗丝絮，每年收入不过数金；现在卖掉秘方，一下可得百金。还是卖给他吧。"

全家人都觉得这是个好主意，于是把秘方卖了。那人买了秘方后，带着它去觐（jìn）见吴王。当时正值隆冬，越国进攻吴国，两国水上交战，吴王便派他统兵迎战。吴军凭借这一秘方，没有人冻裂手脚，得以打败越军。吴王便封给了他一块土地。

① 龟，龟裂，指皮肤因寒冷而开裂，也作皲（jūn）裂。

冻疮药能防治皲手，有人能用它得地封爵；而有人却只能靠它漂洗丝絮过活。其原因就在于用法不同。

小故事大道理 同样一个事物，由于使用方法和对象不同，其结果和收效也会大不一样。

知识链接 这个故事出自《逍遥游》中惠子和庄子的辩论。惠子认为庄子的学说大而无用，庄子则用这个故事说明自己的学说大有用处。

不识车轭（è）[1]

郑县有个人偶然拾到了一个车轭，他拿着车轭问别人："这是什么东西呀？"

那人回答他："这是车轭。"

不久，他又捡到一个车轭，还是去问那个人。

那人又告诉他："这是车轭。"他听了大叫道："我之前捡到一个你说是车轭，现在又说这个也是车轭。怎么会有这么多车轭？分明是你存心哄骗我！"于是，和那个人打了起来。

小故事大道理　在自己不了解的事物面前，一定要虚心请教，善于学习，这样就会不断增加知识。这个郑县人的可笑之处在于，他既无知，又不肯虚心学习，而且还蛮横无理。

---

① 轭，牛马等拉东西时架在脖子上的器具。

知识链接 《论语·为政》中有名句："知之为知之，不知为不知，是知也。"意思是知道就是知道，不知道就是不知道，这才是真正的智慧。

长竿入城

鲁国有个人拿着长竹竿进城门。起初竖着拿，可城门不够高，不能进去；后来横着拿，城门不够宽，还是不能进去。想来想去，没有想出一个好办法来。他正在那里发愁时，有一个老头儿走过来说："我不是什么圣人，但是见的事情却不少。你为什么不用锯子把竹竿从中间截断呢？"那个拿竹竿的人，认为这是一个好办法，于是就把竹竿截断了。

小故事大道理 拿长竿的人固然愚蠢可笑，但更加愚蠢可笑的却是那位自作聪明、好为人师的老者。

知识链接 好为人师：喜欢以教育者自居，不谦虚。

草木皆兵

东晋时，前秦国王苻（fú）坚曾亲自率领几十万大军侵犯晋朝，企图统一整个中国。东晋当时的宰相谢安得知这一情形后，心生一计。他派人到处散布晋军兵少、粮草将尽的消息。

苻坚果然上当，等不及大部队，便立即率领八千精兵抵达前线寿阳城（今安徽寿县），想要迅速将对方消灭掉。结果秦军后续大军在洛涧遭遇晋军埋伏，一仗打下来，秦军损失惨重，总共死伤士兵大约一万五千人！秦军的锐气被挫败了，晋军乘胜追击，把苻坚和他的残兵败将逼进了寿阳城。苻坚躲在城楼上不再出战，他看到晋国的军队军容严整，士气高昂，又远远望见西北方向的八公山上，也好像站满了晋军的士兵，不由胆怯地对身边的弟弟苻融说："晋军很强大呀！谁说他们人少呢？"其实苻坚所看到的那些山上的士兵，全都是风吹动的草木，他只是由于过度害怕产生了幻觉。

没过多久，晋军渡过淝（féi）水再次发起进攻，苻融被杀死，苻坚也受了箭伤。秦军大败而归。

小故事大道理 疑神疑鬼会放大人的恐惧，这个时候一定要保持冷静。

知识链接 风声鹤唳（lì），草木皆兵：意思是把风声、鹤叫声也当成了敌人追赶的异常声响，一草一木也看成了敌人的军队。足见战败逃亡时惊吓恐惧到了什么程度！

打草惊蛇

五代时，南唐有个叫王鲁的人是当涂县的县令。他爱财如命，想尽办法搜刮民财。他手下的官吏（lì）看到县令这样做，也学他的样子，对百姓敲诈勒索，无恶不作。全县的老百姓对王鲁和他的手下早就恨之入骨。

一天，百姓联名写了一份状子，控告县衙主簿贪赃（zāng）受贿（huì），递到王鲁手上。状子上写的虽然是主簿的罪状，然而那些违法行为几乎都与王鲁有关，有的就是他指使主簿干的。王鲁十分惊恐，吓出了一身冷汗。

王鲁边看状子边想，如果受理此案，再往深处查，那自己便暴露无遗了。于是他想压下状子，不让上司知道，就提笔在案卷上批了八个字："汝虽打草，吾已惊蛇。"意思是说，你们虽然告发的是我的部属，可是我已经感到事态的严重了，就像打草时惊动了草里的蛇一样啊！

小故事大道理 做坏事的人总是心虚，即便他们做的坏事没被发现，只要有一点风吹草动，他们就会被惊动。如果想要揭露他们，做事前一定要深思熟虑，小心谨慎。

知识链接 打草惊蛇：原意是说打草时惊动伏在草中的蛇，意指惩罚了甲，而使乙有所警觉。后多比喻行动不严密，不慎惊动了对方。

单者易折

吐谷浑的首领阿豺（chái）有二十个儿子。他身患重病临终时，对儿子们说："你们每人给我拿一支箭来。"儿子们拿来后，阿豺对他的弟弟慕利延说："你拿一支箭把它折断。"慕利延毫不费力地折断了。阿豺又说："你再取十九支箭来把它们一起折断。"慕利延竭尽全力，怎么也折不断。阿豺意味深长地说："你们知道其中的道理吗？一支箭十分容易折断，多支箭合在一起就难以折断了。只要你们同心协力，我们的江山社稷（jì）就可以稳固了。"

小故事大道理 一支箭很容易被折断，一把箭却很难折断。这个故事揭示了一个道理：团结就是力量。

知识链接 单者易折，众则难摧：这是从这则寓言中概括出来的谚语，比喻势单力薄者容易被挫败，多人团结在一起才能更有力量。

对牛弹琴

战国时，有个叫公明仪的音乐家。一天，他突生兴致，对牛弹奏古雅的琴曲，牛像没听见一样，依旧低着头吃草。不是牛没有听见琴声，是这样美妙的曲子不适合牛的耳朵啊！于是，公明仪便变换曲调，模仿出蚊虫的嗡嗡声，还有一只孤独的小牛寻找母牛的哞哞声。牛听到后，马上摇动尾巴，竖起耳朵，来回走动，仔细地听起来。

小故事大道理　做事情要针对不同对象的特点，区别对待。

知识链接　对牛弹琴：原本多用来比喻对不懂道理的人讲道理，或对外行人说内行话。现在也用来讥笑说话的人不看对象。

东施效颦（pín）

春秋时期，越国有个美女叫西施，她无论怎么打扮，一举一动都很美丽动人。西施有心口痛的毛病，病痛发作的时候，她经常双手捂着胸口，皱着眉头。但就是这种病态，也使她显得分外妩媚。

同村有个长得很丑的女子，名字叫东施。她看到西施娇媚柔弱的样子竟博得这么多人的关注，便也学着西施的样子，一出门就用手捂着胸口，紧皱眉头，装出一副弱不禁风的病态。东施的忸怩作态，使她原本就丑陋的样子更难看了。村民们看到她一反常态的样子，多看了她两眼，东施却以为别人喜欢上她了，于是她更加皱紧眉头捂着胸口，这样一来，把别人都给吓跑了。

小故事大道理 这则寓言告诉我们，向别人学习要有正确的态度和方法，一定要从自身的实际出发；盲目仿效、生搬硬套的做法是愚蠢的，效果甚至适得其反。

知识链接 东施效颦：比喻不切实际地生搬硬套、盲目模仿，结果事与愿违。也可用作谦辞。

古琴高价

工之侨得到了一块上好的桐木，于是把它削制成一张琴。他给琴安上弦后一弹，琴声好像金玉合鸣之声，非常动听。他自以为这是天下最好的琴了，就拿去献给朝廷的乐官。乐官请最出色的乐工验看，乐工说："这不是古琴。"就把琴退给了工之侨。

工之侨把琴拿回家，请漆工在琴上画了一些断断续续的花纹，又请雕刻工在琴上刻了一些难辨的古字，然后用匣子把琴装起来，埋进土里。过了一年，他挖出匣子，把琴抱到市集上去卖。一个权贵看到这张琴，立即出一百金买了去，献给朝廷。乐官们小心地捧着琴，互相传看，都称赞说："这真是世上绝无仅有的珍宝啊！"

小故事大道理 同一张琴，人为地做了些“加工”，就成了“古琴”，并且身价倍增。这个令人啼笑皆非的故事，辛辣地讽刺了那些盲目崇古、好古者，他们其实并不识古，不过是装腔作势，自欺欺人罢了。

知识链接 装腔作势：故意做作，装出某种情态。

害群之马

相传，有一次黄帝去具茨山[①]时迷了路。遇到一个牧马的小孩，黄帝便向他问路。小孩反问道："你去具茨山干什么？"黄帝说："我要去见大隗。"小孩听后，不仅告诉了黄帝具茨山应该怎么走，而且还把大隗的住处也告诉了他。

黄帝觉得小孩年纪虽小，人却非常聪明，就随口考问他："你既然知道这么多事情，那你懂得怎样治理国家吗？"牧马的小孩一本正经地说："治理天下难道和放马有什么区别吗？不也是除掉那些对马群有害的坏马罢了。"

小故事大道理 一个好的团体，往往会因为一两个人的不当之举而造成巨大的损失。

---

① 即现在的始祖山，位于河南。

知识链接 害群之马：原意是指危害马群的坏马，后用来比喻危害集体的坏人。

关尹子教射

列子学习射箭，有一次，他射中了靶心，于是去请教善于射箭的关尹子。关尹子说："你知道你是怎样射中的吗？"列子答道："不知道。"关尹子说："那还不行。"列子回去继续练习，三年以后，又去请教关尹子。关尹子问道："你知道你是怎样射中的吗？"列子答道："知道了。"关尹子说："行了，你要牢牢记住，不要忘记这其中的道理。不仅是射箭，治国和做人，也都是像这样的。"

小故事大道理 虽然射中了，却不知道其中的原因，说明可能射中得很偶然。只有知道了为什么能射中，才算掌握了射箭的技术，清楚了其中的规律。关尹子从教射箭中引申出治国和做人的道理，其实学习也一样，不仅要知道问题的答案，还应清楚为什么会得到这个答案。

知识链接 知其然而不知其所以然：只知道是这个样子，却不知道为什么会是这样。

邯郸学步

战国时候，赵国邯郸人走路的姿势特别优美。北方燕国寿陵有个年轻人，不顾路途遥远，来到邯郸，想学会当地人走路的姿势。

他学得非常认真，整天待在邯郸的大街上，观看人家怎样走路。他边看边琢磨人家走路的特点，还模仿着做，跟着这个人后边走几步，再跟着那个人后边走几步。可是他学来学去，总是不像，始终没有学会邯郸人走路的步法。

他想，也许自己多年来习惯了原来的走法，所以学不好。于是他索性丢掉原来的走法，从头学习走路。从此，他每走一步都很吃力。既要想着手脚如何摆动，又要想着腰腿如何配合，还得想着每一步迈出的距离……最后，把自己弄得筋疲力尽，手足无措。

他一连学了几个月，却没有学会邯郸人的

步法，身上的钱也花光了，不得不返回寿陵。可是他把自己原来的步法也忘掉了，已经不知道该怎样走路了，只好狼狈地爬回了燕国。

小故事大道理　任何事情都不能盲目照搬，要知道每一件事都有自己的规律，并且都是因人而异的，一定要从自身的特点出发。

知识链接　邯郸学步：原意是说到邯郸去学习人家迈步走路的姿态，用来比喻模仿别人不成，反而把自己原来会的东西也忘掉了。

何待来年

有一个人每天都偷邻居家的鸡。别人劝告他说：“偷盗是不道德的行为。”这个偷鸡的人却回答说：“好吧，那就让我少偷一点，以前是每天偷一只鸡，现在改为每月只偷一只鸡，到了明年，我再也不偷就是了。”

如果知道了偷盗不对，就应该立即停止偷窃，痛改前非，为什么非要等到明年呢？

小故事大道理 这篇寓言故事讽刺了那些明知道自己错了，却故意拖延时间，不肯及时改正的人。

知识链接 知过必改：知道自己有过错就一定要改正。

涸（hé）辙（zhé）之鱼

庄周家境贫穷，所以去向监河侯借粮。监河侯说："好的。到年底我将会收到封邑（yì）百姓交纳的租赋，那时就借给你三百金，可以吗？"

庄周听了后非常气愤，说："我昨天来的路上，听见路中间有呼救的声音。我回头一看，原来是干涸的车辙中有一尾鲫鱼在那里呼叫。我问它：'鲫鱼呀！你在这里做什么呢？'它回答说：'我在东海龙王手下做水官。您可有一升半斗的水来救活我吗？'我说：'可以。我现在到南方去游说吴越的国王，引西江的大水来迎接你，可以吗？'鲫鱼愤怒地说：'我失去了平素相依的水，就失去了活命之法。我不过想求得一升半斗水活命罢了，您却说出这样的话，以后直接到干鱼铺去找我吧！'"

小故事大道理　这篇寓言揭露了监河侯以慷慨动听的大话，掩盖自己一毛不拔的伪善面目，讽刺了说大话、空话，不解决实际问题的人。

知识链接　远水解不了近渴：比喻缓慢的举措不能解决眼前的急难。这一成语能够概括这则寓言所揭示的主题。

画鬼容易，画犬马难

一位画家为齐王画画。齐王问画家：“你认为什么东西最难画呢？”画家回答说：“活动的狗与马，是最难画的。”齐王又问道：“那什么东西最容易画呢？”画家说：“画鬼最容易。”齐王不解地问：“为什么呢？”画家解释说：“因为狗与马这些东西人们都熟悉，经常出现在人们的眼前，哪怕只画错一点点，都会被人发现，指出毛病，所以难画。至于鬼呢，没有人见过，没有确定的形体和明确的相貌，那就可以由我随便画，想怎样画就怎样画，画出来后，谁也不能证明它不像鬼，所以画鬼是很容易的，不费什么神。”

小故事大道理 这则寓言说明，不论做什么事情，如果没有客观标准，就会给人以“弄虚做假”之机。而从实际出发，按客观规律做事，不是很轻易就能做好的，需要很努力去做。

知识链接 画鬼容易，画犬马难：这是从这则寓言中概括的一句俗语，比喻凭空乱说容易，实事求是并不容易做到。

黄粱（liáng）美梦

从前，有个穷书生叫卢生。一次，他在经过邯郸时住进一家客店里，同时住在客店里的还有一位道士叫吕翁。卢生在与吕翁谈话时，提起自己生活的困窘不禁连声叹息，恨不能建功立名。说完，卢生感到困倦，便想睡觉。于是，吕翁从行囊（náng）中取出一个枕头交给他，说道："你枕着这个枕头睡一觉，就可以获得你想要的生活。"这时，店主正在煮黄粱米饭，卢生枕着吕翁给他的枕头躺下，很快就睡着了。

酣睡中，卢生做了一个梦，梦见自己生活得十分阔绰，还娶了一位高贵而美丽的妻子，生了五个聪明可爱的儿子。第二年他顺利地考中"进士"，做了大官，一直做到"御史大夫""宰相"，后来受封为"燕国公"。五个儿子都已长大成人，并且功成名就。这样的好日子一直过了几十年。最后卢生梦见自己病死，这才忽然惊醒。

卢生醒后，看见吕翁依然站在他的身边，而店主的黄粱米饭还没有煮熟。他回忆起刚才梦中的情景，终于明白，自己享受了几十年的荣华富贵，不过是短暂的一场梦而已。

小故事大道理 虚幻美好的梦境令人向往，可一定要明白，任何美好事物的实现，都需要通过自己的双手去创造，从来都不会不劳而获。

知识链接 黄粱美梦：也写作“一枕黄粱”，后用来比喻不切实际，不能实现的如意算盘。“做黄粱梦”指沉迷于不切实际的幻想，也指想要实现的好事落得一场空。

击邻家之子

墨子在讲一个道理时，举了这样一个事例：有一位父亲看到他的儿子为人蛮横，不求上进，十分生气。一天这位父亲实在气愤不过，就拿起鞭子，边骂边抽打他的儿子。这时，邻居的父亲看到了，跑了过来，也抡起大木棒跟着打，并且说："我来这里打呀，是顺着他父亲的心意做的，我也是在帮他。"墨子总结说："邻居的父亲这样做，难道不荒唐吗？"

小故事大道理 墨子讲这则寓言，针对的是当时楚国借口进攻郑国的行为，讽刺了那些打着漂亮幌子侵犯别人的人。儿子错了，父亲可以鞭打，用不着邻居的父亲举起木棒来帮着打。同理，别的国家内部有什么问题，用不着邻国兴兵讨伐，像故事中邻居的父亲那样，打着“顺着他父亲的心意”的幌子，完全是强词夺理，非常荒唐。

知识链接 墨子的“非攻”思想：“非攻”就是反对一切非正义战争的意思。墨子强烈反对当时诸侯间的连年征战，因为这些战争几乎都是非正义的，使社会动荡，人民生活痛苦不堪。墨子不仅带着门徒奔走疾呼，反对不义战争，而且还用他发明的防御攻城的器械参与守城，阻止了几场战争的爆发。

棘刺母猴

燕王征召天下的能工巧匠，有个卫国人跑去对他说："我能在棘(jí)刺的尖上刻一只母猴。"燕王一听高兴极了，立即赐给他五乘之奉[①]。燕王说："让我看一下你在棘刺尖上刻的母猴。"卫国人说："大王必须半年不进后宫，不喝酒不吃肉，保持身心的洁净，在雨过天晴、半明半暗的一刹那间，凝神细看，才能看见棘刺尖上的母猴。"燕王觉得自己无法做到卫国人说的这样，为此白白养着这个卫国人，却难以看到他刻的母猴。

郑国有个铸造刀具的人告诉燕王说："我是打制各种刀具的，您喜欢的各种精巧的玩意，

---

① 奉，同俸。"五乘之奉"是一种官员俸禄级别，这一级的官员出行时可以使用五辆马车。

都要用刻刀才能刻削成功；而用刻刀雕刻东西，所雕刻的东西一定要比刻刀大。棘刺尖根本容不下最小的刀刃，要在上面雕刻，根本无法做到。请您去看看他的刻刀，就知道他所说的是真是假了。”燕王说：“你说得很对。”燕王于是对卫国人说：“你用什么工具在棘刺上刻母猴呢？”卫国人回答说：“用刻刀。”燕王说：“我想看一看你的刻刀。”卫国人说：“请让我回住所去取。”之后便乘机逃走了。

小故事大道理　这则寓言说明，骗人的把戏经不住认真的考察和理性的推论。

知识链接　投其所好：指迎合别人的爱好，多含贬义。骗子的谎言并不高明，因为他对燕王投其所好，所以燕王才被他蒙蔽。安徒生有个童话名篇叫《皇帝的新装》，说的也是这个道理。

纪昌学射

甘蝇是古时候有名的神箭手，他把弓一拉开，野兽就被射倒在地上，飞鸟就被射了下来。甘蝇的徒弟飞卫跟着他学射箭，本领更是超过了他。有个叫纪昌的又跟着飞卫学射箭。飞卫对他说："你要先练习不眨眼睛，然后才可以学射箭。"

纪昌回到家里，仰面躺在妻子的织布机底下，睁大眼睛，死盯着一上一下的脚踏板。两年之后，即便是锥子尖刺到他的眼眶，他的眼睛也不眨一下。纪昌把自己练功的情况告诉了飞卫。飞卫说："功夫还没到家，还必须锻炼视力才行。当你能把小的东西看得很大，把模糊的东西看得非常清晰时，再来告诉我。"

纪昌回去就用牦牛毛系上一只虱子悬挂在窗户上，面朝南，目不转睛地望着它。过了十多天，虱子在纪昌的眼中渐渐变大了；三年之后，虱子在他眼里竟有车轮那么大。这时再看其他比虱子大的东西，都好像小山丘一样大了。纪昌于是就用北方燕国牛角造的弓，南方楚国出产的箭，去射那虱子，不偏不倚正穿过虱子的中心，而悬挂虱子的牛毛并没有被射断。他把这件事告诉了飞卫，飞卫高兴得跳起来，拍着胸膛激动地说："你把射箭的门道真正掌握了！"

小故事大道理　要掌握过硬的本领，必须苦练基本功，持之以恒。

知识链接　勤学苦练：认真学习，刻苦练习。这个成语最能概括纪昌学射箭的经过。

匠石运斤

楚国国都郢（yǐng）有个人将一点白泥涂在自己鼻尖上，那白泥薄得就像苍蝇翅膀一样。他请一位名叫石的匠人帮他削干净。石把手中斧子抡得飞快，呼呼生风，一砍下去，果然那一点白泥被削得干干净净，而鼻子一点也没受伤。这个郢人泰然自若地站在那里，面色不改。不久之后，宋元君听说了这件事，把石召去说："你试着做一次给我看看。"石说："我的确能够砍掉鼻尖上的白泥，但是那位敢于让我砍的对象已经去世了，没有他的配合，我是做不了这件事的。"

小故事大道理　这是庄子讲的一个故事，表达了他对死去的好友惠施的怀念。这个故事告诉我们，朋友间以诚相待，相互信任，默契配合，就能够产生力量，共同做一件事，才能取得最好的效果。

知识链接 运斤成风：斤，斧子。这是从这则寓言故事中概括出来的成语，比喻手法熟练，技艺高超。这个成语也写作“郢匠运斤”。

井底之蛙

有一天，一只住在废井里的青蛙对东海来的大海龟说：“你看我过得多快活，高兴时就在井台四周随意跳一阵，累了就躺在井壁的砖洞里休息；游水时水泡到胳肢窝，托住下巴；散步时脚踏绵软的泥土，污泥淹没了脚，真是舒服极了。再看那些蛤蜊、螃蟹和蝌蚪，谁能比得上我！这口井是我一个人的，对于我来说，就是世界上最快乐的地方。你为什么不常来我这里玩呢？”大海龟听后，就想进井里去看看。可是左脚还没伸进去，右脚就被井台的栏杆绊住了。它连忙后退几步，对青蛙说：“我跟你说说我居住的大海吧，海的广大，何止上千里。大禹治水时，十年中有九年发大水，可是海水没显得多；商汤在位时，八年中有七年大旱，而海水也没显得少。住在这样无边无际的大海里，才是真正的快活呀！”青蛙听了，惊得一句话也说不出来，它这才知道，原来自己既无知又渺小。

小故事大道理 不要用自己的视角去揣度别人，任何时候都要保持一种谦虚的态度。

知识链接 井底之蛙：也写作“井蛙之见”，原意是指井底的青蛙只能看见井口大的天，现比喻那些眼光狭小的人。从这个故事中还引出一个常用的成语“坐井观天”，比喻眼光狭小，看到的有限。

南岐之见

南岐处在秦岭的大山谷中，那里的水甘甜，却质地不好，凡是喝这种水的人，都生粗脖子病，所以那里的居民没有一个不是粗脖子的。

每当有外地人经过，这里的人们都一起去围观，并且指指点点，讥笑外来人说：“真奇怪呀！这个人的脖子这么细长，跟我们完全不一样。”外地人给他们解释说：“你们脖子上长的突出肥大的东西，是生了病啊！你们不寻找良药来治病，怎么反而还笑我的脖子细长？我这样才是正常的。”

讥笑外地人的南岐人说：“我们家乡的人都是这样的，哪里用得着去治病呢？”他们始终也不认为自己的粗脖子是病态的、丑陋的。

小故事大道理 南岐人可悲、可笑，因为他们孤陋寡闻，少见多怪。而这都是由于南歧的闭塞。他们只有走出大山，看到外面的世界，才会认识到自己的无知。凡事都要扩大眼界，增长见闻。

知识链接 孤陋寡闻：知识浅陋，见闻不广。少见多怪：由于见闻少，遇到平常的事也感到奇怪。

狼狈为奸

据说，狼和狈是两种长得很相像的动物，但仔细看看也有区别：狼的前腿长，后腿短；狈却是前腿短，后腿长。这两种野兽经常结伴，一起出去偷吃农民的牲畜或干其他的坏事，人们对它们恨之入骨。

一次，狼经过一家农民的羊圈时，看到里面有很多肥羊，就约狈一起去偷吃。它们来到羊圈边，发现羊圈的栏杆又高又结实，根本无法越过去。于是，狼和狈便想出了一个办法：狼先骑在狈的脖子上，然后狈用两条长长的后腿把狼驮得高高的，接着狼伸出两条长长的前腿把羊从羊圈里拖出来。这样，它们果然成功地吃到了羊。

狼和狈在一起偷羊时，只有合作才能得逞，它们谁也离不开谁。因此，人们常把坏人相互勾结在一起干坏事比喻成“狼狈为奸”。

小故事大道理 如果一个人动了坏心思，再拉另一个人一起去做，小的坏事就会变成大的坏事。因此，凡事不要有坏的念头，也不要受别人的蛊（gǔ）惑。

知识链接 狼狈为奸：原意是指狼和狈合伙伤害牲畜，现比喻坏人相互勾结在一起干坏事。

乐不思蜀

三国时，蜀（shǔ）国的国主刘备死后，他的儿子刘禅（shàn）即位，史称后主。刘禅昏庸无能，治理国家全靠诸葛亮等老一辈大臣。诸葛亮一死，魏国便立刻发兵攻打蜀国。刘禅无力抵抗，只好向魏军投降。魏国封他为安乐公，并强迫他离开蜀地，搬到魏国的国都洛阳居住。

一天，魏国大将军司马昭宴请刘禅。宴席上，司马昭命人表演蜀国的歌舞。跟随刘禅而来的蜀国人看到自己国家的节目，都触景生情，非常难过。可刘禅却没有一点儿伤感，依旧坐在那里谈笑自若。司马昭觉得很奇怪，过了几天，他故意问刘禅："你是不是很思念蜀国啊？"刘禅回答说："我在这里很快活，不再思念蜀国了。"

小故事大道理　一个人忘记了自己的根，是一件非常可怕的事情。

知识链接　乐不思蜀：原意是指刘禅在异国生活得很快乐，不再思念自己的国家，现比喻乐而忘返或乐而忘本。

利令智昏

齐国有个人一心想得到金子，吃饭的时候在想，睡觉的时候也在想。一天清早，他起来穿好衣服，戴上帽子，一直走到卖金子的地方，看见有人拿着金子，他伸手就抢。人们把他逮住捆绑至官府，官员问他："光天化日之下，这么多人都在这儿，你为什么公然抢人家的金子？"他回答说："我根本就没有看见人，眼睛里只有金子。"

小故事大道理　利欲熏心的人往往会因受欲望的支配而丧失理智，做出愚蠢的事情来。他们像故事中的齐人一样，最终必然遭到惩罚。

知识链接　利令智昏：形容因贪图私利而头脑发昏，做出了失去理智的事。

鲁侯养鸟

从前，有一只海鸟落在鲁国国都的郊外。鲁侯十分欣喜，以最隆重的礼节把它迎接到祖庙中，为它大摆宴席，演奏虞（yú）舜（shùn）时的《九韶》给它听，准备牛、羊、猪三牲全备的宴席请它享用。但奇怪的是，这只海鸟却头晕眼花，忧愁悲伤，不吃一块肉，也不喝一杯酒，三天后就死掉了。

鲁侯的这种做法，是用供养自己的办法来养鸟，而不是用养鸟的办法来养鸟。

小故事大道理　鲁侯款待海鸟，既诚心，又费力，却导致了海鸟的死。因为，无论爱一个人还是其他的对象，都要以对方所需要和愿意的方式去爱他，而不要想当然地以自己认为好的方式去爱他。

知识链接 《九韶》：又称“韶乐”，相传是上古时代舜帝所创，春秋时期在齐国十分盛行。据《论语》中记载，孔子在齐国听到王宫的韶乐演奏，大为赞赏，可见这一乐曲非常优美、高雅。

马价十倍

有个卖骏马的人，在市场上站了三天三夜，却没有人知道他的马是好马。这人去找相马的专家伯乐说："我有匹好马要卖掉，可接连三天没有人来问过。希望您帮帮忙，围着我的马转一圈儿，看看它，临走的时候再回过头来看它一眼，我愿意奉送您一天的花费。"伯乐接受了这个请求，他来到市场上，围着那匹马看了一圈儿，临走又回头看了一眼。这匹马的价钱立刻就暴涨了十倍。

小故事大道理 真正好的东西，又得到了名家的赏识，它就会身价倍增。这说明名家的赏识很重要。但盲目崇拜权威，没有自己的判断力也不可取。

知识链接 伯乐一顾：从这个故事中概括

出来的成语，比喻受到权威人士的赏识或看重而身价倍增。

猫的名字

齐奄（yān）家里养着一只猫，他认为它很不寻常，称呼它“虎猫”。有个客人说：“老虎固然勇猛，但不如龙有神威，改名叫龙猫吧。”另一个客人说：“龙的神威虽然超过虎，但龙要升天，必须乘云，云不是超过龙了吗？不如改名叫云猫。”又有个客人对他说：“云雾遮天蔽日，风一刮就把它吹散了，云显然敌不过风，请叫风猫吧。”又一个客人说：“大风刮起来，只有高墙才能挡住风，风哪比得上墙呢？还是叫墙猫好。”还有个客人，对齐奄说：“高墙虽然坚固，但老鼠能够打洞，使墙倒塌，可见墙并不如鼠，我看叫鼠猫最合适。”东乡有一位老人，听了这件事，讥笑说：“哼！捕老鼠的就是猫嘛！猫就是猫，为什么要故弄玄虚，让它失去本来面貌呢！”

小故事大道理 本来是一只猫，为了显示它的不寻常，客人们为它提出了很多改名建议，最后竟令人啼笑皆非地建议为它取名“鼠猫”。对一件事物的虚饰和夸张，只能使它失去本来面目，最终名不副实。

知识链接 名不副实：名称或名声与实际不相符。这一成语也写作“名不符实”。

猫头鹰搬家

猫头鹰要搬家，路上遇见了斑鸠。斑鸠问它："你要到哪里去呀？"猫头鹰说："我要搬到东边去。"斑鸠说："为什么呢？"猫头鹰说："乡里的人都讨厌我的叫声，所以我要搬到东边去。"斑鸠说："要是你不能改变叫声，即使你搬到东方去，人家还是会讨厌你的声音的。"

小故事大道理 猫头鹰没有自知之明，不从主观上找原因，克服自己的弱点，只埋怨环境，想以变换环境来改变自己的处境，结果只能是徒劳。

知识链接 自知之明：指了解自己（多指缺点）的能力，对自己有正确的判断。故事中猫头鹰所犯的错误，就在于没有自知之明。

墨鱼自蔽

海里有一种动物，名叫墨鱼。它的肚子里有一个墨囊，遇到危险时，能放出墨汁来掩蔽自己，所以渔夫往往循着墨汁的踪迹去捕捉它。唉！它所用来掩蔽自己的，恰好给自己招来了灾祸！那些卖弄小聪明的人，可以以此为警示。

小故事大道理 事物多具有两面性，有时长处又恰恰是弱点，譬如人聪明是件好事，但如果运用不当，也会害了自己，正所谓“聪明反被聪明误”。

知识链接 聪明反被聪明误：指自以为聪明，反而被聪明所害。

南辕北辙

战国时，魏王想去攻打赵国。魏国大臣季梁听说后，急忙去见魏王，说："这回我从外地回来，在太行山脚下碰见一个人，正赶着马车向北走，我问他要去哪，他回复我说：'我要到楚国去。'我对他说：'您往南面走，才能到达楚国，可为什么向北走呢？'他说：'我的马好。'我说：'您的马虽然好，但这不是去楚国的路啊！马再好也无济于事！'他又说：'我的路费很充足。'我说：'您的路费虽然多，但这不是去楚国的路啊！路费再充足也无用！'他又说：'给我驾车的人本领很高。'我当时就没有再对他说什么了。这人不知道方向错了，赶路的条件越好，离楚国的距离就会越远。现在大王动不动就想称霸诸侯，但成就霸业靠的是天下人的拥护，如果依仗自己国家强大，军队精锐，就四处攻伐，那就和要去楚国却向北走的行为一样啊！这样的行动越多，距离统一天下的目标就越远。”

小故事大道理 做人和做事，首先要确立正确的方向。如果方向错了，那么条件越好，花的力气越大，离自己所要达到的目标就越远。

知识链接 南辕北辙：心里想往南去，却驾车往北走，比喻行动和目的相反。

歧路亡羊

杨朱的邻居丢了一只羊，他不仅请自己的家人、朋友去找，而且还来拜托杨朱，请杨朱家的仆人一起去找。杨朱说："丢一只羊，怎么要这么多人去找呢？"邻居说："因为岔道太多了。"

等他们回来以后，杨朱问："找到羊了吗？"邻居回答说："没找到，羊丢了。"杨朱又问："这么多人去追，羊怎么会找不到呢？"邻居回答说："岔道中间又有许多分岔，我们不知道羊跑到哪条路去了，所以只好回来了。"

小故事大道理 在学习、做事上也有许多岔路，如果目标不明确，一会儿向东，一会儿向西，也会迷失方向，难有收获。

知识链接 歧路亡羊：比喻因情况复杂多变而迷失方向，误入歧途。

杞（qǐ）人忧天

杞国有一个人，整天担心天塌地陷，害怕自己没有地方容身，因此愁得睡不着觉，吃不下饭。有一个人看到他忧愁的样子，非常不解，就去开导他说："天不过是气体积聚在一起罢了。没有一个地方没有气，你一呼一吸，从早到晚都生活在气中间，怎么担心天会塌下来呢？"

那个忧天的人听了，又说："如果天真是气，那么太阳、月亮和星星不会掉下来吗？"前来开导他的人说："太阳、月亮和星星，也都是会发光的气积聚而成的，即使掉下来，也不可能把人打伤。"

那个忧天的人又问："如果地塌陷了怎么办呢？"开导他的人回答说："大地是土块积聚而成，它到处都是，无处不有，你在它上面随便行走、跳跃，整天在它上面活动，为什么担心地会塌陷呢？”

那人听了这番解释，才消除了先前的忧虑，高兴起来；那个前来劝他的人也很高兴。

小故事大道理 寓言一方面嘲讽了那些整天怀着根本不必要的担心和无穷的忧虑而无所作为的庸人，另一方面也说明了一个道理：如果把事物解说透彻，就能帮人解除顾虑和忧愁。

知识链接 杞人忧天：指为不必要忧虑的事情而忧虑，多含贬义。《列子》中的这篇寓言原本并不含褒贬，贬义是后来演变发展而来的。

起死回生

鲁国有一个名叫公孙绰的人，他对人说：“我能使死人复活。”人们问他究竟用什么办法。他回答说：“我平素是能治半身不遂的，这点你们都知道，我只要把治半身不遂的药加一倍来用，不就可以把死人治活了。”

小故事大道理 半身不遂与死亡在本质上完全不同，公孙绰却把本质的不同看作是数量的差异，这种机械的类推是非常荒唐可笑的。

知识链接 起死回生：使死人复活，多形容医术高超，比喻将处于毁灭境地的事物挽救过来。

黔（qián）驴技穷

从前，黔地没有毛驴。后来，一个喜欢多事的人用船从外地运回来一头毛驴。运回来后，又觉得没什么用处，那人便把它放在山脚下。山中的老虎第一次看到毛驴，见它身躯庞大，以为是头神兽，十分畏惧，便躲在树林里偷看它。过了一些时候，老虎见驴没有什么动静，就小心翼翼地出来向它靠近，但仍弄不清它是什么东西。

一天，毛驴突然大叫一声，吓得老虎拼命逃窜，跑了很远。老虎以为驴子要吃自己，非常害怕。后来经过多次观察，老虎发现驴并没有什么特殊本领，渐渐也听惯了驴的叫声。于是，老虎又开始靠近毛驴，不过终究还不敢和它争斗。渐渐地，老虎的态度越来越轻侮，毛驴见老虎冲撞、冒犯自己，不禁大发脾气，抬腿踢了老虎一脚。老虎一见十分高兴，心想："原来这家伙就这么点本事！"于是它大吼一声，跃起来猛扑过去，咬断了驴的喉咙，吃光了它的肉，方才离去。

小故事大道理 看起来强大却没有什么本领的驴子，最终被老虎吃掉了。这个故事讽刺了那些装腔作势吓人的人。

知识链接 黔驴技穷：这一成语就出自这篇寓言，也称作"黔驴之技"，指仅有的一点儿本领也用完了，多含贬义。

强取人衣

宋国有个人名叫澄子，丢了一件黑衣服，便跑到路上去寻找。他看见有个妇女穿着一件黑衣服，就跑过去扯住不放手，想要扒下人家的衣服来，并且还大声嚷嚷："我刚刚丢了一件黑衣服。"那妇女非常气愤，她说："您虽然丢了一件黑衣服，可是我身上的这件却是我自己做的呀！"澄子说："你还不赶快把衣服给我。原来我丢的是件夹袄，现在你穿的是件单褂，用单褂抵夹袄，你可是得便宜了啊！"

小故事大道理 寓言生动地刻画了强抢者的丑恶嘴脸，强烈地讽刺和谴责了强词夺理的诡辩之徒。

知识链接 强词夺理：本来没有理，硬说成有理。

曲高和寡

一天，楚襄王问宋玉："最近为什么有许多人对你有不好的议论呢？"宋玉若无其事地回答说："确实是这样的。请大王宽恕我，听我讲个故事。最近，有位客人来到我们郢都唱歌。他开始唱的，是非常通俗的《下里》和《巴人》，城里跟着他唱的有好几千人。接着，他唱起了还算通俗的《阳阿（ē）》《薤（xiè）露》①，跟着他唱的要比开始的少多了，但还是有好几百人。后来他唱格调比较高雅的《阳春》《白雪》，城里跟他唱的只有几十个人了。最后，他唱出格调高雅的商音、羽音，又杂以流利的徵（zhǐ）音，城里跟着唱的人更少，只有几个人了。"说到这里，宋玉对楚王说："由此可见，唱的曲子格调

---

① 《阳阿》和《薤露》都是古歌曲名。

越是高雅，能跟着唱的人也就越少。圣人有奇伟的思想和表现，所以超出常人。一般人又怎能理解我的所作所为呢？”楚王听了，说：“哦，我明白了！”

小故事大道理　曲调越高深，能跟着唱的人就越少。宋玉讲这个故事的原意是比喻知音难得；现在多比喻言论或文章不通俗，能理解的人很少，含有讽刺意味。

知识链接　五音：又称“五声”，指宫、商、角（jué）、徵、羽，是我国古代音乐五声音阶上的五个音级。

曲突徙薪

有位客人去拜访一户人家，发现他家灶上砌了一根很直的烟囱，灶旁还堆积着很多柴火。这位客人便对主人说：“你应该把烟囱改建成弯曲的，柴火也要搬远一点，不然的话，灶膛的火容易飞出烟囱，引起火灾。”主人听了不以为然，没有放在心上。

没过几天，他家果然失火。邻居纷纷跑来救火，好不容易才把火扑灭。

事后，他宰牛摆酒，答谢帮忙的邻居，那些被烧得焦头烂额的人都被请到上席就座，其他救火的人也都按功劳大小排定座次，唯独没有请那个劝他改烟囱的人。

假使主人当时听从劝告，就根本不会发生这场火灾，也用不着破费杀牛摆酒宴了。

小故事大道理 人们往往重视抢救，而忽视预防。但防患于未然，是十分重要的。人们常犯故事中那位主人的错误，不重视事先的警告或批评，以致造成祸患。

知识链接 曲突徙薪：突，指烟囱；徙，迁移；薪，柴火。曲突徙薪比喻事先采取措施，防止危险发生。

三人成虎

战国时期，魏国和赵国订立了盟约，规定魏王要把自己的儿子送到赵国的都城邯郸当人质。魏王决定派大臣庞葱陪同儿子前往。

庞葱深知魏王好听信谗言，担心自己一走，有人会在魏王面前制造对他不利的谣言，使自己失去魏王的信任，所以临行之前对魏王说："大王，如果有一个人对您说，大街上来了一只老虎，您相信吗？"魏王说："我不相信。老虎怎么会跑到大街上来呢？"庞葱接着问："如果有两个人对您说，大街上来了一只老虎，您相不相信？"魏王说："如果那样的话，我就有些半信半疑了。"庞葱又问："如果有三个人都对您说，大街上来了一只老虎，您相不相信？"魏王说："如果大家都这么说，我只好相信了。"庞葱说："您想，老虎不会跑到大街上来，这是人人皆知的事情。

但三个人都这么说，大街上有老虎便好像是真的一样了。邯郸离我们的都城大梁，比王宫离大街远得多，而且背后议论我的人可能还不止三个。大王不可轻信！”魏王点头说：“我知道了，你放心去吧！”

庞葱陪同魏王的儿子到了邯郸。不久，果然有很多人对魏王说庞葱的坏话，魏王确实相信了。后来庞葱和魏王的儿子从赵国回来后，魏王正如庞葱临走之前所预料的那样，对他不再信任了，甚至不肯召见他。

小故事大道理 对人对事不要轻信多数人说的，而是应多方考察，并根据事实做出正确的判断。

知识链接 三人成虎：原指街市上本没有虎，但只要有三个人说有虎，听的人就信以为真了。现比喻谣言或讹（é）传一再反复，就会使人相信。

生木造屋

宋国大夫高阳应要盖一所房子，木匠对他说：“不行啊！木材还是湿的，如果把泥抹上去，一定会被压弯。用新砍下来的湿木料盖房子，刚盖成时虽然看起来挺牢固，可是日后就会倒塌。”高阳应说：“照你这样说，我这房子倒是一定坏不了，因为日后木材会越干越硬，泥土会越干越轻，房子会越来越坚固，怎么会倒塌呢？”木匠无话可说，只得听从他的吩咐盖起了房子。高阳应的房子刚盖成的时候看起来确实还不错，可后来果然倒塌了。

小故事大道理 不遵循客观规律，不听有经验的人劝说，只凭主观意志蛮干，自作聪明，就必然会失败。不仅盖房子如此，做任何事情都一样。

知识链接 自作聪明：自以为很聪明，轻率逞能。故事中高阳应的做法就是典型的自作聪明。

狮猫斗大鼠

明朝万历年间，皇宫中有只老鼠，体型差不多和猫一样大，危害很大。皇上要人到民间寻找好猫来捉它，可是，找来的猫总是被老鼠吃掉。这时，恰好外国进贡了一只狮猫，毛白如雪。人们就把它放进那恶鼠横行的屋子里，关上门，躲起来偷偷地观察。只见狮猫蹲伏在那里，一动也不动，那老鼠探头探脑地从洞里爬出来，它一发现狮猫，便狂怒地向猫扑过去。狮猫避开它，跳上了条案，老鼠也跟着跳上去，狮猫又一跳而下。就这样反反复复，不下百次。大家都以为狮猫胆小，又是个没有什么能耐的家伙。不久，老鼠跳跃的脚步渐渐地迟缓了，挺着个大肚子一起一伏，边喘着粗气边蹲在地上休息。这时，狮猫就飞快跳下，伸出两只利爪，狠狠揪住老鼠头顶上的毛，嘴巴咬住老鼠的脑袋。那狮猫同老鼠扭成一团，狮猫发出“呜呜”的叫声，老鼠发出凄厉的“啾啾”声。过了一会儿，房间里没了动静。大家急忙打开门一看，原来老鼠的脑袋早已被狮猫嚼碎了。这时人们才知道狮猫避开老鼠，并不是胆怯，而是等待老鼠疲惫懈（xiè）怠（dài）时再攻击。

小故事大道理　狮猫面对大老鼠气势汹汹的进攻，避其锐气，耗其体力，抓住老鼠疲惫、懈怠的时机，出其不意，攻其要害，终于消灭了这只不可一世的大老鼠。狮猫的胜利，不在于勇和力，而在于智慧和策略。

知识链接　避其锐气，击其惰归：这个成语的意思是，避开对手初来时的锐气，等到其疲劳退却时给予打击。

恃（shì）胜失备

有一个人碰到一个强盗，两人各举刀枪，即将交锋。这时，强盗突然把事先含好的一口水，喷到这人脸上，这人蓦（mò）然一惊，刹那间，强盗的刀尖已刺进了他的胸膛。

后来，有一个壮士又碰到了这个强盗。壮士早已经知道强盗喷水的花招。那强盗果然故技重演，但他嘴里的水刚喷出，壮士的长枪已经刺穿了他的脖子。

强盗的这种办法已经用过了，人们都识破了他的计谋，他还想靠这侥幸取胜，结果失了戒备，反而受了它的祸害。

小故事大道理　强盗第一次使用喷水的手段，暗算了对手；当他故技重演时，却反受其害。说明即使是聪明的办法，也不能自恃聪明，不知变通，一成不变地一用再用。

知识链接 故伎重演：形容把旧时的一套伎俩重新施展出来。

蜀鄙二僧

蜀地偏远地区有两个和尚，他们一个穷，一个富。有一天，穷和尚对富和尚说："我要到南海去朝佛，你看怎么样？"富和尚说："南海路途遥远，你怎么去那里呢？"穷和尚说："我只要有一个水瓶、一只饭碗就足够了。"富和尚说："我好多年前就想买条船去南海，至今不能如愿，你仅仅凭借这两样东西，怎么去得成呢？"

第二年，穷和尚竟然从南海回来了。他把一路上的经历和朝佛的情况讲给富和尚听，富和尚听后，脸上露出了惭愧的神色。

小故事大道理 有条件的反被条件误，而没有条件的，凭恒心、靠毅力最终获得了成功。这个故事启示我们：要有所作为，关键在于立志，要用实际行动为了这个志向做不懈的努力。

知识链接　有志者事竟成：有志气的人能坚持不懈，终究会取得成功。故事中穷和尚的成功印证了这一道理。

太阳的比喻

有个生下来就双目失明的人，不知道太阳的样子，就去问看得见的人。有人告诉他说："太阳的形状像个大铜盘。"他回到家中敲了敲铜盘，听到了铜盘发出的声响。后来他听到钟声，以为这就是太阳了。又有人告诉他说："太阳发光，就像蜡烛一样。"于是，他又去摸蜡烛，记住了蜡烛的形状。后来有一天，他摸到一根竹笛，以为这就是太阳了。

太阳与钟、竹笛相差太远了，但是这个盲人不知道它们之间的区别。这是因为他根本没有见过太阳，只是向别人打听的缘故。

小故事大道理　认识来源于实践。依靠别人的只言片语来做判断，就会得出错误的结论。

知识链接　扣槃（pán）扪（mén）烛：这

是从这则寓言中概括而来的成语，意思是敲盘子，摸蜡烛，比喻认识片面，没有抓住事物的本质。

螳螂捕蛇

有个姓张的人走在一条河谷中，忽然听见山崖上传出凄厉刺耳的声音，他找到一条路爬上了山，想看看到底是怎么回事。原来是一条碗口粗的大蛇，在树丛中摔来摆去，非常痛苦的样子。它的尾巴不停地打在柳树上，树枝都被抽断了。看它的样子，好像是急于甩脱什么一样，可是他仔细看了很久，也没发现这条大蛇被什么给控制了。他觉得非常奇怪，于是找着机会，慢慢走近前，细细察看，原来是一只小螳螂正在大蛇的头顶上，用一对镰刀般锋利的前腿抓着蛇的脑袋不放，任凭大蛇如何颠扑也甩不掉它。过了很久，大蛇终于精疲力竭地死去了，那额上被螳螂抓住的皮肉，已经全破裂了。

小故事大道理　一只小小的螳螂找到了蛇的致命弱点，抓住不放，终于杀死了一条大蛇。这说明只要善于运用自己的长处，抓住对手的要害，锲（qiè）而不舍，弱者也有机会战胜强者。

知识链接　以弱毙强：以弱小的力量去战胜强大者。小螳螂杀死大蛇就是以弱毙强的典型例子。

挖井得一人

宋国有一户姓丁的人家，家里没有水井，必须到很远的地方去挑水。可浇地又需要用很多水，因此，丁家常常需要安排一个人整天在外面做这件事。后来为了提高效率，丁家自己打了一眼水井，于是高兴地告诉别人："我家打井以后多出一个人来！"有人听到后告诉了其他人，结果便一传十十传百，最后竟然变成了"丁家打井挖出一个人来"。

这奇闻越传越广，后来传到了宋国国君耳中。他十分惊讶，便派人到丁家去询问究竟，丁家人回答道："我家打了一口井，相当于节省了一个劳动力，并不是在井里挖出来一个人。"

小故事大道理 无论听到什么传闻，一定要想一想是否合乎常理，不要不动脑筋、不负责任地以讹（é）传讹，混淆视听。

知识链接 道听途说：从道路上听到，在道路上传说，指传闻的、没有根据的话。

外科医生

有个医生，自称善治外科病。一名副将从战场回来，身上中了箭，箭头没进皮肉里面，请他来治疗。这位医生拿起一把并州产的锋利剪刀，剪去了露在外面的箭杆，然后跪下来请求酬谢。副将说："箭头还在皮肉里，必须要马上治疗，你为何现在跪下来要求酬劳。"医生却说："我善治外科，皮肉之内的事情是内科医生应该做的事情，可不能让我一块来治！"

小故事大道理 寓言讽刺了那些各立门户，表面上讲职责分工，实则推诿（wěi）搪（táng）塞（sè）、不负责任的人。有担当、有责任心的人才是社会需要的栋梁之材。

知识链接 敷（fū）衍（yǎn）塞责：搪塞责任，指做事不认真，应付了事。

五十步笑百步

一天，梁惠王同孟子谈到如何治理国家时，诉起苦来：“我对于国家，真是尽心尽力了。比如说河内遭了灾，就把一部分人民迁到河东去，同时把河东的粮食运往河内，让老百姓有吃有喝。河东遭了灾也是这样。我考察过邻国，没有哪位国君像我这样用心的。但我的百姓没增多，邻国的百姓也不减少，这是为什么呢？”

孟子看他愁眉苦脸、迷惑不解的样子，笑着回答说：“大王喜欢打仗，就让我用战争来打个比方吧。两军交战，战鼓咚咚敲响，双方刀枪刚一接触，就有士兵丢盔弃甲向后逃跑。有的人一口气跑了一百步才停下来，有的只跑了五十步就站住了。跑五十步的嘲笑跑一百步的说：‘你们这些胆小鬼，跑得可真快呀！’大王您说他们骂得有理吗？”

梁惠王忙说："毫无道理！那些人只不过没跑到一百步就是了，但同样也是逃跑，凭什么嘲笑跑一百步的！"

孟子接着说："大王如果懂得这个道理，就知道您的魏国并不比别的国家强多少，那就不会再希望您的百姓比邻国多了。"

小故事大道理 梁惠王对自己迁移灾民和运粮救灾的"善政"很得意，然而在孟子看来，这只能说明他的做法比邻国国君好一点，因为这样做只是补救的措施，并没有从根本上使百姓富足起来。因此，魏国远没有像梁惠王认为的那样，能够吸引别国的百姓来定居。况且梁惠王的"好战"同样给百姓带来了灾难。因此，梁惠王自认为比别国国君做得好，只是以五十步笑百步罢了。

知识链接 五十步笑百步：比喻自己和别人有同样的缺点或错误，却以自己程度较轻而去嘲笑他人。也指两者的问题有轻重差别，但实质一样。

探玄珠

从前，人们听说赤水河中有黑色的宝珠，于是便纷纷潜入水底去摸取。当时有人摸到了螺（luó）蛳（sī），有人摸到了蛤（gé）蚌（bàng），也有人捞得了卵石和瓦片。他们一个个喜气洋洋，都以为自己获得了宝珠。黄帝的臣子象罔（wǎng）听说了这件事，觉得非常好笑。这些人知道后，十分恼火，一起围攻象罔，象罔吓得逃到黄帝那里躲起来，三年不敢露面。

小故事大道理 这些人获得的不是宝珠，还得意扬扬，自以为是，又忌讳别人的批评，蛮横无理。这样的人是不可能得到宝珠的，只能拿着些石头、瓦片当宝贝了。

知识链接 得意扬扬：形容非常得意的样子。

小吏（lì）烹鱼

从前有个人送了条活鱼给郑国的子产，子产叫管理池塘的小吏把它养在池子里。那个小吏偷偷把鱼煮来吃了，却向子产报告说："我刚把鱼放到池子里的时候，鱼还半死不活的；过了一会儿，它就摇头摆尾地活动起来；后来，鱼突然间钻进深水里不见了。"子产高兴地说："它找到合适的地方了！它找到合适的地方了！让它去吧！"小吏从子产那里出来后说："谁说子产聪明？我根本就是把鱼煮着吃了，他还说：'它找到合适的地方了！它找到合适的地方了！'"

小故事大道理　小吏连蒙带骗，连子产这样聪明的人也能被他欺骗，可见，如果没有做深入的调查，就容易被花言巧语所蒙蔽。

知识链接　连蒙带骗：指欺蒙、欺骗别人。

万字难写

汝（rǔ）州有一位农家老丈，家里很富有，但几代人都不识字。他想改变这个状况，于是聘请了一位楚地的先生来教儿子读书识字。先生先教他儿子握笔描红识字，写一画，说这是“一”字；写两画，说这是“二”字；写三画，说这是“三”字。那孩子听后，便欣然自得地扔掉了毛笔，跑回家告诉他父亲说：“认字实在简单，儿学成了，儿学成了！可以不必再麻烦先生了，何必要花这么多的学费呢，赶快辞掉他吧！”父亲很高兴，就依着他，辞退了这位先生。过了不久，父亲打算请一位姓万的亲友来家喝酒，就叫儿子写封请帖。可是，过了很长时间也没写完，父亲便催促他。那孩子忿（fèn）忿地说：“天下人的姓多得很，为什么这人偏偏姓万？我从早晨写到现在，才写完了不到三千画呀！”

小故事大道理　学习是一件艰苦的事情，没有尽头，这是学无止境的道理。对学问一知半解，盲目自满，是学不到真本领的，而且往往会做出愚蠢、荒唐的事。

知识链接　一知半解：形容知道得不全面，理解不深、不透。这则寓言中的儿子也犯了这个错误。

心不在马

赵襄王向王子期学习驾车，不久，他就要与王子期比赛，看谁驾车跑得快。可是，他一连换了三次马，比赛三场，每次都远远地落在王子期的后面。

赵襄王有些不高兴，他责问王子期说：“你没把驾车的技术完全教给我，你难道还留了一手吗？”

王子期回答说：“驾车的方法、技巧，我已经全部教给大王了。只是您运用时有问题。驾车时最重要的是使马在车辕里松紧适度，自在舒适，而驾车人的注意力则要集中在马的身上，让人与马的动作配合协调，这样才可以使车跑得快，跑得远。刚才您在与我比赛时，一旦落后，您的心里就非常着急，使劲鞭打马，拼命要超过我；而一旦跑到了我的前面，您又时常回头观望，生怕我再赶上您。其实，在比赛中，有时领先，有时落后，都是很正常的。而您呢，不论领先还是落后，始终心情紧张，您的注意力几乎全都集中在比赛的胜负上了，又怎么可能去调好马、驾好车呢？这就是您三次比赛三次落后的根本原因啊！”

小故事大道理 在比赛中让胜负得失的杂念束缚着自己，瞻前顾后，就不能充分发挥自己的技术，不能获得好成绩。所以做任何事情，一定要保持一颗平常心。

知识链接 心无二用：指做事必须专心，注意力不能分散。

兄弟争雁

从前，有个人望见天上飞来一只大雁，准备拉弓把它射下来，并且说："射下后一定要煮着吃。"他的弟弟却不同意，在一旁争辩道："雁还是烤着吃好！"两人争论不休，就去找社伯评理。社伯出了一个主意，叫他们把雁剖开，一半煮着吃，一半烤着吃。两人都同意这个意见。随后兄弟俩抬头再去找雁，那只雁早已飞到很远的天边去了。

小故事大道理 事情还没有做，就去争论不切实际的问题，结果错失良机。无意义的空谈常常误事，与其无谓争论，不如多干实事。

知识链接 错失良机：错过或失去好机会。

掩耳盗铃

春秋时，晋国贵族范氏战败后逃亡。有个人趁乱去他家偷了一口钟，准备背着它逃跑。但是钟太大了，不好背，他就打算用锤子砸碎以后再背着跑。谁知刚砸了一下，那口钟就“咣咣”地发出了很大的响声。他生怕别人听到钟声，来把钟夺走了，就急忙把自己的两只耳朵紧紧捂住后继续敲。他以为自己听不见，别人也一定听不见，于是就放心大胆地砸起钟来。钟声洪亮，人们听到后纷纷赶来，齐心协力抓住了小偷。

小故事大道理　害怕别人听到钟的声音，这是可以理解的；但以为捂住自己的耳朵别人也听不到了，这就太糊涂了。后来也将钟引申为铃铛，即掩耳盗铃。这则故事告诉我们，做坏事想要不被别人知道是不可能的，那些自以为别人不知道的人，最终只会自欺欺人。

知识链接 自欺欺人：用自己都难以置信的话或手法来欺骗别人；既欺骗自己也欺骗别人。

夜郎自大

西汉时，西南方有个小国家叫夜郎。虽然夜郎国的面积还比不上汉朝的一个州郡大，物产也十分有限，但夜郎国王十分自大。一次，汉朝派使臣出访夜郎国，夜郎国王竟不知天高地厚地问："你们汉朝与我的国家相比，究竟哪一个更大一些？"使臣生气地回答说："我们汉朝有大小州郡几十个，无论哪一个都比你小小的夜郎国大很多。"这件事被人们当成笑话流传至今。

小故事大道理 这个寓言和"坐井观天"有相似的寓意，妄自尊大的人往往会被人嘲笑。

知识链接 夜郎自大：由这则寓言故事概括而来的成语，指妄自尊大。

一叶障目

古时候有一则所谓“蝉翳（yì）叶”的传说。据说,蝉躲藏的地方往往有一片树叶遮盖着，这样，螳螂、鸟雀等天敌就看不见它，它也就不会受到它们的伤害了，这片遮挡蝉的叶子就叫“蝉翳叶”。传说,要是有人能得到“蝉翳叶”，就可以像蝉那样，把自己隐身起来。这则传说当然是滑稽可笑的，可是偏偏就有人信以为真。

当时，楚国有一个贫穷的书呆子，他从古书上读到“蝉翳叶”的传说后非常感兴趣，便去寻找。他把蝉藏身之处的树叶全部从树上摘下来，拿回家去试验。书呆子先取出一片叶子遮在脸上，问他的妻子:“能看见我吗?”妻子回答说:“能看见。”他就换了一片叶子再试，妻子还是说能看见。书呆子一连试了好多片叶子，妻子的回答都是“能看见”。

一整天后，妻子被书呆子纠缠得厌烦了，当他再拿起一片叶子试验时，妻子就哄骗他说：“看不见了。”书呆子顿时大喜过望，以为真的找到了“蝉翳叶”。于是他就带着这片叶子到集市上去偷窃，没想到当场被人捉住。审讯的官员问他，为什么明目张胆地拿别人的东西，他委屈地说：“我用一片树叶遮挡住眼睛，就以为别人什么也看不见了。”

小故事大道理　这则故事告诉我们，不要被一些事物的局部或暂时的现象所蒙蔽，任何事情都要经过仔细调研，才能认清事物的全貌及本质。

知识链接　一叶障目：也写作“一叶蔽目”，原意是指一片树叶遮挡住了眼睛，现比喻被局部或暂时的现象所迷惑，不能认清全局或根本的问题。

永某氏之鼠

永州有个人特别迷信，认为年、月、日、辰都有吉凶，害怕犯了禁忌。他认为自己出生的那年是子年，而老鼠是子年的神，因此非常爱护老鼠，家里不让养猫，禁止仆人打老鼠。家里的仓库、厨房，都任凭老鼠随便进出吃喝，他一点也不过问。

这么一来，老鼠们就互相转告，别的地方的老鼠也都来到他家里。它们大吃大喝，却不会遭到驱赶。他家里没有一样完整的东西，衣柜里没有一件完好的衣服，凡是吃喝的东西，都是老鼠剩下的。大白天，老鼠常常和人在一起活动；到了夜晚，老鼠啃东西，打闹争斗，发出千奇百怪的声音，闹得人睡不成觉，但他始终不感到讨厌。

过了几年，这个人搬到别的地方去了，房

子里换了另外一家人，但老鼠依旧闹得像过去一样凶。新搬来的人说：“这些见不得阳光的坏东西，偷窃打闹得如此厉害，怎么会猖狂到这种程度呢？”他借来了五六只猫，关闭大门，撤除屋上的砖瓦，用水浇灌老鼠洞，又雇了些人到处搜寻追捕。结果，杀死的老鼠堆得跟山丘一样高，老鼠的尸体被扔在偏僻的地方，臭味好几个月后才散去。

小故事大道理 对坏人姑息纵容，坏人就会更加猖狂；作恶的人，即使一时可以找到“保护伞”，嚣张行事，但这种依仗外力所获得的威福是不可能长久的，坏人最终还是没有好下场。

知识链接 姑息养奸：无原则地宽容，只会助长坏人坏事。

愚公移山

太行、王屋两座山，方圆有七百里，高达七八千丈，原来坐落在冀州的南面，河阳的北面。山北面住着一个名叫愚公的老人，年龄将近九十。他家正对着两座大山，因大山的阻塞，愚公一家出入都要绕许多弯路。一天，他把全家人召集在一块商量说："我想全家人拿出全部力量来挖平大山，让门前的路直通豫州的南部、汉水的南边，你们大家看，可以吗？"大家纷纷表示赞同。唯独他的妻子提出疑问说："凭你这点力气，连魁父这样的小山丘也不能挖平，又怎能挖平太行、王屋这两座大山呢？况且到哪里去堆放挖出来的土石？"大家七嘴八舌地说："把它扔到渤海的后面、隐土的北边去。"

于是愚公就带领儿孙中能挑担子的三个人，凿石头，挖土块，用簸（bò）箕（ji）运到渤海的后面。他的邻居京城氏的寡妇，有个遗腹子，才换牙，也蹦蹦跳跳地跑来帮忙。他们从冬到夏，从夏到冬，才能往返一次。

黄河拐弯的地方有个名叫智叟（sǒu）的老人劝阻愚公说："你太不聪明了！你这么年老力衰，连一棵草都拔不动，又能把那些土块石头怎么样呢？"愚公长叹说："你真是顽固不化，还不如那寡妇家的小孩呢。我要是死了，还有我的儿子在；儿子又生孙子，孙子又生儿子；子子孙孙，无穷无尽。可是山是不会增高的，挖一点就会少一点，还怕挖不平吗？"智叟被说得无言以对。

山神听到了这件事，害怕愚公他们挖山不止，赶忙向天帝报告。天帝被愚公的诚心所感动，便派了大力神夸娥氏的两个儿子，背走了这两座大山。从此以后，冀州的南部，直到汉水的南边，再没有大山阻隔了。

小故事大道理　这个寓言故事充满了神话色彩，反映出古代劳动人民以坚韧不拔的毅力，顽强改造自然的精神。愚公也给后人树立了榜样。故事启发我们，要想成就一番事业，就应像愚公那样充满信心，有顽强的毅力，不惧艰难险阻，坚持不懈。

知识链接 愚公移山：由这则故事概括出的成语，指做事有毅力，有恒心，不怕困难。

图书在版编目（CIP）数据

小故事大道理 / 杜蕾选编. -- 武汉 : 长江文艺出版社，2023.1(2024.2 重印)
ISBN 978-7-5702-2971-0

Ⅰ. ①小… Ⅱ. ①杜… Ⅲ. ①寓言－作品集－中国－古代 Ⅳ. ①I276.4

中国版本图书馆 CIP 数据核字(2022)第 224764 号

小故事大道理
XIAO GUSHI DA DAOLI

责任编辑：陈欣然　向欣立　　　责任校对：毛季慧
整体设计：一壹图书　　　责任印制：邱　莉　王光兴

出版：长江出版传媒 | 长江文艺出版社
地址：武汉市雄楚大街 268 号　　　邮编：430070
发行：长江文艺出版社
http://www.cjlap.com
印刷：武汉中科兴业印务有限公司

开本：640 毫米×970 毫米　1/16　印张：7.5　插页：4 页
版次：2023 年 1 月第 1 版　　　2024 年 2 月第 3 次印刷
字数：48 千字

定价：23.00 元
